FAMILY OR OBLIVION

Translation by
Alexandra Lytton Regalado

LA FAMILIA O EL OLVIDO

Elena Salamanca

La familia o el olvido / Family or Oblivion
Primera Edición / First Edition · Abril / April 2017
Segunda Edición / Second Edition · Mayo / May 2018

Dirección editorial / Editorial Direction
Alexandra Lytton Regalado
Lucía de Sola

Revisión editorial / Editorial Revision
Ignacio Sarmiento Pánez
Efraín Caravantes
Lucía de Sola

Fotografía de Portada / Cover Photograph
"Bandera" (detalles / details)
Carmen Elena Trigueros

Diseño editorial / Editorial Design
Efraín Caravantes

860.44	
S159L	Salamanca, Elena, 1982 -
sv	La familia o el olvido = Family or oblivion / Elena Salamanca ; traducción Alexandra Lytton Regalado, Emilie Delcourt ; fotografía Carmen Elena Trigueros. -- 2a. ed. -- San Salvador, El Salv. : Editorial Kalina, 2018.
	106 p. ; 22 cm
	ISBN: 978-99961-79-05-1 (español-inglés)
	1. Cuentos salvadoreños. 2. Poesía salvadoreña. 3. Literatura salvadoreña. I. Lytton Regalado, Alexandra, traductora. II. Delcourt, Emilie, traductora. III. Título.

Copyright © 2018 by Editorial Kalina

Todos los derechos reservados. Ninguna parte de esta publicación puede ser reproducida, almacenada en sistema recuperable o transmitida, en ninguna forma o por ningún medio electrónico, mecánico, fotocopia, grabación u otros sin el previo permiso escrito de la directora de esta publicación.

All rights reserved. No part of this book may be reproduced or transmitted in any form of by any means, electronic or mechanical, including photocopying, recording, or by any information storage and retrieval system, without permission in writing from the publisher.

LA FAMILIA O EL OLVIDO
Elena Salamanca

FAMILY OR OBLIVION

Translation by
Alexandra Lytton Regalado

kalina

"Elena Salamanca *es romántica y no lo digo como un reproche.* El romanticismo no es la floración en los labios de una pasión infinita, atormentada y carente de genitales, es algo más. Para Friedrich Schlegel, por ejemplo, el "para siempre" no era un lazo presente proyectado hacia un futuro sin cambios sino que *era la provisionalidad de aquella creación que nunca se cierra y que siempre está en trance de ser otra.* Una figura de esta naturaleza vagabundea por el horizonte sin sacralizar la tradición. Esa errancia por las aperturas y las diferencias, suele convertirse en la búsqueda de las míticas cuatro paredes del retorno. *Elena ha hecho de sí misma, como creadora, una casa errante y digamos que por las ventanas de dicha casa salen volando paisajes.* Viajera como es va de un género literario a otro mezclando sus límites. En la mentalidad romántica, el sujeto se vale creativamente de la tradición. Si la tradición existe, existe como una gramática que permite articular la singularidad del individuo. Así que cuando Elena convierte los mecanismos del relato en un poema, es romántica. *Así que cuando Elena transforma su experiencia personal en una especie de mitología intransferible, es romántica.* Qué bien.

Elena Salamanca *is romantic and I do not say that as a reproach.* Romanticism is not the blooming lips of an infinite and tormented passion that lacks genitals; it is something else. According to Friedrich Schlegel, for example, "forever" was not an indication of the present projected towards an unchanging future; rather, *it was the provisional and unceasing act of creation that is always in the process of becoming.* A figure of this nature roams the horizon without sacralizing tradition. This weaving between apertures and differences often evolves into the search for the mythical four walls of return. *One can say, that as a creator, Elena is a sprawling house and that through the windows of that house, one sees unraveling landscapes.* Traveler that she is, Elena veers from one literary genre to another, merging and blending their borders. In the romantic ideal, the subject validates tradition through creation. If tradition exists, it exists as a grammar that serves to articulate the singularity of the individual. So when Elena transforms the mechanisms of the story into a poem, it is romantic. *So when Elena transforms her personal experience into a kind of non-transferable mythology, it is romantic.* And that is a good thing."

Álvaro Rivera Larios

A Rosa Elena, Elena, Elenita, mi abuela

Rosa Elena Martínez
(1931-2017)

ÍNDICE
CONTENTS

FILIGRANAS
FILIGREES

Filigree	15	*Filigrana*
Blood	17	*Sangre*
Flowerpot	21	*Maceta*
White Cat	23	*Gato blanco*
Letter	25	*Carta*
Fish	29	*Pez*
Eggs	31	*Huevos*

LA FAMILIA O EL OLVIDO
FAMILY OR OBLIVION

Mother	37	*Madre*
Oblivion	45	*El olvido*
Hunger	55	*El hambre*
Birds	65	*Los pájaros*
The Needle Threader	71	*La enhebradora de agujas*
Dust	79	*El polvo*

MEMORIAS FAMILIARES
FAMILY MEMORIES

I	91	*I*
II	93	*II*
Selfie with Father	97	*Selfie con padre*

FILIGRANAS
FILIGREES

Filigree

From Italian *filigrana*.

1. noun. *Ornamental work of fine wire, typically gold or silver, formed into delicate tracery.*

2. noun. *A faint design or watermark made on paper during manufacture.*

3. That which is polished and piercing.

4. What can be read in between the lines. If a watermark filigree is visible when held up to the light, a filigree, in this case, is the indentation or impression that written words leave on the blank page underneath. An imprint on antique paper that is, as of yet, unnoticed. These writings are my filigrees.

Filigrana

Del it. *filigrana*.

1. f. *Obra formada de hilos de oro y plata, unidos y soldados con mucha perfección y delicadeza.*

2. f. *Señal o marca transparente hecha en el papel al tiempo de fabricarlo.*

3. Aquello pulido y punzante.

4. Lo que se lee entre textos, detrás del texto, de la escritura. Si filigrana es lo que se encuentra en el papel de trapo al levantar a contraluz, filigrana, aquí, es lo que se encuentra al levantar la página de la escritura de una novela. Una marca de luz inexplorada como en papel antiguo. Estas escrituras son mis filigranas.

Blood

In this city constructed to live without emotion, only that which can be butchered has value. The smell of blood. The blood of the dead. There are those that have never smelled a body. Not yet. Like her. The generals, despite being murderers, never got stained with blood. That's what vexed her. In war someone was always killed. And heroes like the generals kill, if not thousands then at least many, like the heroes of a tragedy in the battles she read about in books.

But in this country the generals were immaculate as virgins, like the miracle-worker virgin of holy stamps found at market stalls. Only lightly spattered, poised above the meat stall of the city's open-air market.

Once again, the smell of blood.
The smell of freshly-chopped chicken feet.
The smell of the cleaved wings of a hen.
The smell of cow entrails.
The smell of a pig's severed head.

She pulled some bills out of her purse and handed them over to the meat vendor. The meat vendor received them, said thanks,

Sangre

En esta ciudad construida para vivir sin emoción, lo que se descuartiza es lo único que vale. El olor de la sangre. La sangre de los muertos. Hay quienes nunca han olido a un muerto. Aún. Como ella. Los generales, a pesar de ser asesinos, nunca se mancharon de sangre. Eso la contrariaba. Suponía que en una guerra siempre se mata a alguien. Y que los héroes, como los generales, matan, si no a miles, al menos a muchos, como los héroes de las tragedias, como sucedía en las batallas que leía en los libros.

Pero en ese país, los generales eran inmaculados como una virgen, como una estampita de la virgen milagrosa en el puesto del mercado. Salpicada apenas, en el puesto de la carnicería del mercado de la ciudad.

De nuevo, el olor de la sangre.

El olor de las patas recién cortadas del pollo.

El olor de las alas trozadas de la gallina.

El olor de las vísceras de la vaca.

El olor de la cabeza degollada del cerdo.

Sacaba unos billetes de la cartera y los entregaba a la carnicera. La señora los recibía, daba las gracias, daba una bendición y

gave her blessing and offered a compliment. She wrapped the feet, the wings, the innards in newsprint, folded it into a package tied with rope, and topped it with a bow like a sweet gift.

—Here you go, she smiled.

The girl said thanks and nothing more.

Not one compliment, not one blessing for that rotting marketplace, for that obese woman with her hands full of blood, clotted gobs, and hearts.

She exited the market, carefully negotiating the terrain as one does to avoid stepping on shit, lettuce leaves, the gut-smears of tomatoes red as the hearts of saints that decorate the market stalls of this city.

And she walked into the city.

As she crossed the streets, all the women blessing and sweet-talking the shoppers; all of the women, old and arthritic, young and pregnant, with dyed hair, wearing colorful aprons, with potent armpits, women who recently gave birth, women who have sold things all of their lives in the same corner of the city. That city darkened by the smog of buses; buses filled with people who have their noses stuffed with smog and blood.

All this blood for a soup—she tightened her hold on the package of viscera.

All this blood for a city.

regalaba un piropo. Envolvía las patas, las alas, las vísceras en un papel de periódico, las doblaba, las empaquetaba, les pasaba un cordel, las anudaba, como un regalo primoroso.

—Tenga —sonreía.

La criatura daba las gracias y nada más.

Ni un piropo ni una bendición para ese mercado podrido, para esa señora obesa, con las manos llenas de sangre, de coágulos y corazones.

Salía del mercado con la destreza del que no quiere pisar la mierda y las hojas de lechuga, los tomates destripados, rojos como los corazones de los santos que decoraban los puestos de mercado de esa ciudad.

Y salía a la ciudad.

Cruzaba las calles, todas las mujeres bendecían y piropeaban a quienes compraban; las mujeres todas, viejas y artríticas, jóvenes y embarazadas, de cabellos pintados, de coloridos delantales, de axilas poderosas, mujeres recién paridas, mujeres que han vendido toda la vida en el mismo pedazo de ciudad. Esa ciudad ennegrecida por el humo de los autobuses que llevaban dentro gentes con las narices tapiadas de humo y sangre.

Tanta sangre para una sopa —apretaba su paquete de vísceras.

Tanta sangre para una ciudad.

Flowerpot

A word in a pot. A flower? A plant?

To store words. To deposit those words in a flowerpot: root, plant, graft, flower.

At home plants grow wild, invasive as ancient beasts.

With thousands of tentacles, petals, and pistils.

In the apartment, the garden was a controlled space. It was possible to understand the growth, the voracity to live. To prune.

A plant in a pot. Root. One word: captive.

Maceta

Una palabra en una maceta. ¿Una flor?, ¿Una planta?

Almacenar palabras. Depositar las palabras en una maceta: raíz, planta, injerto, flor.

En la casa, las plantas crecían salvajemente, invasoras como un monstruo antiguo, de miles de tentáculos, pétalos y pistilos.

En el departamento, la jardinera era un espacio de control. Era posible entender el crecimiento, la voracidad de vivir. Podar.

Una planta en una maceta. Raíz. Una palabra: cautiva.

White Cat

Overhead, a thunderclap. A clumsy flapping of wings, captive birds striking themselves against walls and windows. Then a swift and brutal chase across the floor.

—Rats! He said.

—Just what we needed. She scowled.

They ran upstairs thinking they would catch the predators, incisors and whiskers of evil, grey and putrefied. Only a cloud of feathers. There, amidst pigeons that fled and those that fell, a cat stood, poised. White, with blood-stained jaws, like a wedding eve bedsheet.

Mesmerized, he wanted to say, to insinuate even:

White cat, foam white, cloud.

His word stumbled into a thunderhead:

White cat dressed as a bride.

White cat, old cat. Starving cat.

Old man dressed as a bride, perhaps.

Gato blanco

Sonó un estruendo sobre sus cabezas. Aletazos de aves torpes, atrapadas, que se golpeaban contra paredes y ventanas. Luego, una carrera, ágil y pesada, en el piso.

—¡Hay ratas! —dijo él.

—Lo que nos faltaba —refunfuñó ella.

Subieron con prisa, con la idea de mirar a los depredadores, colmillos y bigotes del mal, grises, putrefactos. Una nube de plumas flotaba aún. Ahí, entre las palomas que huían y las que caían, erguido, un gato. Blanco, manchadas sus fauces de sangre, como sábana nupcial.

Cautivado, él quiso decir, insinuar:

Gato blanco, blanco espuma, nube, incluso.

Su palabra tropezó con una tormenta:

Gato blanco como vestido de novia.

Gato blanco y viejo. Gato hambriento.

Viejo vestido de novia, será.

Letter

It's not every day one receives a letter from Europe. Not in this city. Not a letter.

The writing of a letter is, essentially, romantic. A hand-written letter from someone on the other side of the ocean. Someone that looks for a good pen—blue ink—and good paper—cotton—to say a few things. Something that could be communicated by telegram, or in a phone call, or by email.

—*I'll be back soon. Let's be young again.*

A hapless ruin, the father must've said.

A lackluster adventurer, she'd think.

A well-read man, the grandmother would declare.

In fact, he had read a lot, as much as would permit for a family fallen on hard times: the Russians, French, English. He had remained, much like his family's fortune, in the 19th century.

Romantic men seek anemic women. The fantasy of protection, the fantasy, above all, of a woman, who despite a foregone history hides tenderness in the nest of her hair. What would romantics do without the bird?

The anemic woman folded the letter, looked at the flowers on

Carta

No todos los días se recibe una carta desde Europa. No en esa ciudad. No una carta.

La escritura de una carta es en esencia romántica. Una carta escrita a mano por alguien al otro lado del océano. Alguien que busca un buen bolígrafo -tinta azul- y un buen papel -de algodón- para decir un par de cosas. Lo que podría decir un telegrama, una llamada telefónica o un correo electrónico.

—*Vuelvo pronto. Seamos jóvenes de nuevo.*

Un venido a menos, habría dicho el padre.

Un aventurero sin carisma, diría ella.

Un muchacho leído, habría sentenciado la abuela.

En efecto, el muchacho había leído mucho, lo que una biblioteca de familia venida a menos permite: rusos, franceses, ingleses. Se había quedado, como la fortuna de su familia, en el siglo XIX.

Los hombres románticos buscan muchachas anémicas. La fantasía de la protección, la fantasía, sobre todo, de una muchacha, que, a pesar del desparpajo histórico, anide la ternura en el cabello. ¿Qué harían los románticos sin el pájaro?

La muchacha anémica dobló la carta, miró las flores sobre la

the windowsill. She needed a landscape. There was not even the faint outline of a sunset.

There was a scorching sun, however, and because of the heat the flowers would die soon.

Tomorrow, hopefully, she thought.

Hopefully.

ventana. Necesitó un paisaje. No hubo, ni siquiera la estampa de un atardecer.

Hacía, sin embargo, mucho sol y por el calor, las flores morirían pronto.

Mañana, ojalá, pensó.

Ojalá.

Fish

To prepare the lunch of the unemployed female: open a can of sardines, squeeze a tomato, shred a carrot, slice half a cucumber. Arrange on a plate.

Serve.

The eyes, as if an onion has been chopped, swell with water.

Walk to the table, sit.

Bite the sardine, hold it in the mouth, return fork to plate.

The eyes, assuming an onion has been chopped, redden.

Hold the piece of sardine on the tongue.

Salivate.

The eyes, under the assumption that the strong odor of chopped onion lingers in the room, will cry.

The sardine in the mouth, under the assumption that it was once a fish, will swim.

Pez

Preparar el almuerzo de la desempleada: abrir una lata de sardina, estrujar un tomate, rallar una zanahoria, partir la mitad de un pepino. Juntar en un plato. Servir.

Los ojos, como si hubieran partido cebollas, inflamados de agua.

Caminar a la mesa, sentarse.

Morder la sardina, retener en la boca, devolver el tenedor al plato.

Los ojos, en el supuesto de haber partido cebollas, enrojecerán.

Mantener el pedazo de sardina sobre la lengua.

Salivar.

Los ojos, en el supuesto de que en el aire persista un intenso olor a cebolla, como si la hubieran partido, llorarán.

La sardina en la boca, en el supuesto de haber sido alguna vez pez, nadará.

Eggs

A multitude of women drag me, push me, squeeze me. Women with children in arms, women with thousands of arms, women with their armpits on my head, the teeth of their children pull at me, the smell of milk, exposed breasts, the children eating, clinging to the meaty nipples of their mothers. The multitude pushes, and I'm not sure if the eggs I bought are still intact, I'm not sure if they've broken, I'm not sure if these eggs have incubated amidst the heat of old women and armpits.

    I don't know what it is the women are screaming, they say things to me. I'm taking care of my eggs, I hold them close to my chest, I wrap my arms around the bag, and I scream that I do not want anything, that I don't have a purse, I must've lost it, it must've been stolen, you can't trust anyone anymore. I don't want them to sell me any more bunches of herbs to make soup, to make love, to be rid of people, to say goodbye; herbs planted along the way, ripped out by the teeth of poor women. I don't want them to offer me endless spools of thread to darn socks, to sew buttons on shirts, shut them out—I hate sewing on buttons! I don't know what it is they're asking me to buy; I won't buy it. I've lost my

Huevos

Una multitud de mujeres me va arrastrando, me empuja, me aprieta. Mujeres con niños en brazos, mujeres con miles de brazos, mujeres con sus sobacos en mi cabeza, los dientes de los niños me halan, olor a leche, los senos salidos, los niños alimentándose, colgados de los pezones magros de sus madres. La multitud empuja, yo no sé realmente si los huevos que compré siguen intactos, yo no sé si se rompieron, yo no sé si estos huevos se incubaron entre tanto calor de viejas y sobacos.

No sé qué van gritando las mujeres, me dicen cosas. Yo voy cuidando mis huevos, los pongo contra mi pecho, paso los brazos alrededor de la bolsa, y grito que no quiero nada, no tengo cartera, la habré perdido, la habrán robado, ya no se puede confiar en nadie. No quiero que me vendan más manojos de hierbas para hacer sopa, para hacer el amor, para deshacerse de la gente, para decir adiós; hierbas sembradas en el camino, arrancadas con los dientes de mujeres pobres. No quiero que me ofrezcan tampoco miles de carretes de hilo para zurcir calcetines, coser botones de camisas, cegarlos, ¡que no me vean, odio coser botones! Yo no sé qué me piden que les compre, no

purse, it's been taken, it's been robbed, it's been thrown away, I lost it, I don't know anymore, you can't trust anybody anymore. The women scream at me:
   —*You need, love?*
   —*I don't have any, heart.*
   —*You need love?*
   —*I don't have any heart.*

   I don't know if these eggs have incubated and I'm carrying countless of underfed chickens in the bag; I don't know if one of those chicks will break its shell, will poke out its beak, will peck out my eye, will peck out the eye of the women and children that drag me and push me. It would be good if a couple of eyeless women changed direction, if they got lost, crashed against each other, crashed against the city, and left the path clear for me to get home, to prepare dinner: two eggs, two miniscule sacrificed chickens; to serve them on your plate, to serve them on the table, to sit, to rip the little legs off the puniest chickens, to find the wishbone, to fight for it; hopefully each of us will end up with the longest bone and we will have eternal luck and we can ask for something good, if only for this one time at our table, something good just once in this house, something good for once in this city.

les compro. He perdido la cartera, la sacaron, la robaron, la tiraron, la perdí, yo no sé, ya no se puede confiar en nadie. Las mujeres me gritan:

—*¿Va a querer, amor?*

—*No tengo, corazón.*

—*¿Va a querer amor?*

—*No tengo corazón.*

Yo no sé si estos huevos se incubaron y llevo miles de pollos desnutridos en la bolsa; tampoco sé si alguno de esos pollos romperá el cascarón, asomará el pico, me sacará un ojo, sacará el ojo de las mujeres y sus hijos que me arrastran y me empujan. Sería bueno que un par de mujeres sin ojos cambiaran el rumbo, se perdieran, chocaran contra ellas, chocaran contra la ciudad, y me dejaran el camino libre para llegar a casa, prepararnos la cena: dos huevos, dos pollos miniatura sacrificados; servirlos en tu plato, servirlos en la mesa, sentarnos, arrancar las piernitas de los pollos ínfimos, encontrar el hueso de la buena suerte, luchar por él, ojalá nos tocara a cada uno el hueso más largo para tener eternamente suerte y pedir algo bueno por única vez en nuestra mesa, algo bueno por única vez en esta casa, algo bueno por única vez en esta ciudad.

LA FAMILIA O EL OLVIDO
FAMILY OR OBLIVION

Mother

For Lilian Serpas

A mother wakes or dies; it's uncertain.

Her son dresses handsomely, as young men who will die dress.

A mother wakes or dies; it's uncertain.

The news arrives while she is cutting up the chicken. An animal, its body quartered upon the table, holy wings served on silver. What would these eggs have been like if the hen had been able to incubate them, the way she delicately and carefully incubated her son, for nine months? She fries two eggs in the pan.

Lilian, pointedly feminine, white shoes, kitten heels, walking unknown cities. *Lilian*, mother, one day you will give birth to an ocean of children and you will drown in them.

❖

The son squirms on the mother's chest the way a cat squirms atop a ball of yarn. Years later, the son was a feral cat, and Lilian's heart was a ball of yarn. Torn.

One morning, the son picked up his guns, took off to Vietnam, to Korea, to war. And Lilian didn't know the address to post a letter.

La madre

A Lilian Serpas

La madre despierta o muere, no se sabe.

El hijo se viste guapo, como se visten los muchachos que van a morir.

La madre despierta o muere, no lo sabe.

Le llegan noticias mientras parte el pollo. Un animal, un cuerpo destrozado en su mesa, alas de santidad servidas en plata. ¿Cómo habrían sido estos huevos si los hubiera empollado como empolló al hijo, primorosa, por nueve meses?, se pregunta. Estrella dos huevos en la cacerola.

Lilian, mujer esdrújula, zapatos blancos, de taconcito, caminando por ciudades desconocidas. *Lilian*, madre, un día parirás un mar de hijos y te ahogarás en ellos.

❖

El hijo se arremolinaba en el pecho de la madre como un gato lo hace en la bola de estambre. Años después, el hijo fue un gato salvaje, y el corazón de Lilian fue una bola de estambre. Rota.

Una mañana, el hijo tomó las armas, se fue a Vietnam, se fue a

One morning, or other, she received a telegram. White paper, impeccably typewritten, dots. It did not say, "I love you, mother; I'll see you in front of the Capitol or some other sacred place." Three words only. Repatriation. Anthem. Flag.

The airplanes, such terrible birds, delivered the telegram.

Lilian put the paper aside, washed dishes, broke the plates.

Amidst water and soap, anxiety. A damp sponge stuffed in the mouth.

Pension, the telegram also said.

She dropped a plate, afraid she herself would fall. Would fall apart.

Years before, in a park, a woman had foretold her fortune: You will have three children. Vulnerable. None of them exceptional. Mediocre. One of them, perhaps, will do something of importance.

At school, Lilian's children had shiny shoes, gel-lustered hair, and satisfactory grades. She wondered: Which of these is the chosen one? Who will be the bird?

When they grow up they will sleep naked with a woman, she thought; they will be fathers, clerks, she said. But she didn't say, couldn't think, that one of them would simply be a dead man.

❖

Sugar works in the least sweet manner.

I opened the sugarbowl, swallowed the cubes, wanted to poison myself.

I vomited when I found out, or read it, or heard it read, the telegram.

Son, *they said.*

Hero, *they whispered.*

Korea, se fue a la guerra. Y Lilian no supo dirección dónde enviar una carta.

Una mañana, u otra, recibió un telegrama. Papel blanco, mecanografía impoluta, puntos. No decía "Te quiero, madre, nos vemos frente al capitolio u otro lugar sagrado". Decía tres palabras. Repatriación. Himno. Bandera.

Los aviones, pájaros tan terribles, llevaron el telegrama.

Lilian dejó el papel, lavó platos, quebró la vajilla.

Entre el agua y el jabón, la angustia. El estropajo húmedo metido en la boca.

Pensión, decía también el telegrama.

Dejó caer un plato con el miedo de caerse ella misma. De derrumbarse.

Años atrás, en un parque, una mujer le había leído las cartas: Tendrás tres hijos. Vulnerables. Ninguno excepcional. Mediocres. Alguno de ellos, tal vez, hará algo mayor.

En la escuela, los hijos de Lilian llevaban los zapatos lustrados, el cabello acicalado, las calificaciones regulares. Ella se preguntaba: ¿Cuál de ellos será el escogido, quién de ellos será el pájaro?

Cuando crezcan, dormirán desnudos con una mujer, pensaba, serán padres, tal vez oficinistas, se decía. Pero no decía, no podía pensar, que alguno sería simplemente un muerto.

❖

El azúcar actúa de las formas menos dulces.
Abrí el azucarero, tragué todos los terrones, quise envenenarme.
Vomité cuando supe, o leí, o leyeron, el telegrama.
Hijo, *me dijeron.*
Héroe, *susurraron.*

Ash.

Where? Where is my son? I search the table, where is that pair of eyes that I pinned upon his breast like a brooch?

I spit the sugar cubes the way I wanted to spit out the diamonds from my queen's ring. Which finger was it, what ring did the queen of the Fates wear as she pointed out my son? On what sunny morning, yellow almost, did I melt sugar to make syrup for a cake? What cake did I take out of the oven and let cool on the table? What cake did I cut the way bodies are cut open and served on a plate the way you serve an enemy?

❖

Lilian held a notebook against her chest. A recipe book, noting the kilos of sugar, tablespoons, pinches of salt. She transcribed the telegram. Word by word, dot by dot, period. What does one do with dead sons? What does one do with dead sons' names? In what book are those written in?

Your hand is not a saint, Lilian; it is not your hand that has written. It's the war.

If your son is killed at war, he is granted sainthood. If your son is the one that kills at war, he is granted sainthood: You will smear it with cooking oil, and serve it, upon porcelain, his bird heart.

You will dress like a bride and wait.

❖

One day your son will return, the way children return to swings.

Ceniza.

¿Adónde?, ¿adónde está el hijo?, tanteo sobre la mesa, ¿dónde está el par de ojos que puse en su pecho como prendedor?

Escupí los terrones como quise escupir diamantes de mi anillo de reina. ¿Qué dedo fue, qué anillo llevaba la reina de las Parcas que señaló a mi hijo? ¿Qué mañana soleada ya, amarilla, derretí azúcar para hacer miel para un pastel? ¿Qué pastel saqué del horno y dejé enfriar en la mesa? ¿Qué pastel corté como se cortan los cuerpos y serví en un plato como se sirve al enemigo?

❖

Lilian tomó un cuaderno contra su pecho. Libro de recetas, anotaciones de kilos de azúcar, cucharadas, pizcas de sal. Anotó el telegrama. Transcribió palabra por palabra, punto por punto, punto final. ¿Qué se hace con los hijos muertos? ¿Qué se hace con los nombres de los hijos que mueren? ¿Dónde, en qué libro, se inscriben?

No es tu mano la santa, Lilian, no es tu mano la que escribe. Es la guerra.

Si te matan al hijo en guerra, tendrá santidad. Si tu hijo es el que mata en guerra, tendrá santidad: lo ungirás con aceite de cocina, y servirás, en porcelanas, su corazón de ave.

Te vestirás de novia para esperar.

❖

Un día volverá tu hijo, como vuelven los niños a los columpios.

He will return, clump of dirt, headstone, gun on the grass, flower in fist.

You will say to him: *It doesn't matter, son, that you've killed children. Those who kill at war are the saints of the nation.*

One day he will return in a flare of trumpets the way saints return.

And you will say to him: *I waited and embroidered my womb with flowers.*

The holy man's shroud is the womb of his mother.

Volverá, pedazo de tierra, cenotafio, arma sobre la hierba, flor en mano.

Le dirás: *No importa, hijo, que hayas matado a los niños. Los que matan en guerra son los santos de la nación.*

Un día volverá entre trompetas como volverán los santos.

Y le dirás: *Te esperé y bordé mi útero de flores.*

La mortaja de un hombre santo es el vientre de su madre.

Oblivion

One day, she doesn't remember exactly when, she didn't know where to go. She arrived at the roundabout on the way to her house, but the roundabout had four exits, and she had known which one to choose just a few minutes ago, but that moment, she doesn't remember exactly when, she did not know which one was her exit. She stopped the car and in the traffic that was caused by her parking in the middle of a four-lane roundabout, she cried.

They had told her she would forget.

Little by little.

At first it was small things, absurd, insignificant: the smell of the cheap shampoo she'd used all of her life to wash her hair. One day she opened the bottle and she felt the fragrance of honey fill her nostrils. She thought it delicious. She imagined biting into an enormous loaf of honey nut bread and she washed her hair. She didn't know, didn't remember, how much she hated that cheap shampoo, and how she'd always felt nauseated when she snapped the bottle open each morning, including even that morning.

The doctor had told her that one day she would wake up next to a man with whom she'd shared a bed in an apartment she'd

El olvido

Un día, no recuerda cuándo, no supo hacia dónde ir. Llegó al redondel que cruzaba todos los días para llegar a su casa, pero el redondel tenía cuatro salidas, y hasta unos minutos antes sabía cuál elegir, pero ese momento, no recuerda cuándo, no supo cuál era su salida. Detuvo el carro, y en el tráfico que produjo su estacionamiento en medio de un redondel de cuatro carriles, lloró.

Le habían dicho que olvidaría.

Poco a poco.

Primero cosas pequeñas, impensables, insignificantes: el olor del champú barato con el que se había lavado el pelo toda la vida. Un día abrió el frasco y sintió en su nariz asomarse la fragancia de la miel. Le pareció delicioso. Se imaginó mordiendo un enorme pan con miel y nueces y se lavó el cabello. No supo, no recordó, cómo odiaba ese champú tan barato, y cómo había sentido náuseas al abrir el frasco cada mañana, hasta esa.

Le había dicho el médico que un día despertaría junto al hombre con el que compartía la cama y el apartamento desde hacía unos años, y le parecería un desconocido. Una mañana gritó al ver al hombre junto a ella. El hombre estaba advertido, le

lived in for several years, and she would think him a stranger. One morning she screamed when she saw the man next to her. The man had been warned; he took out an album of photographs and showed her that he was no stranger. He looked like a stranger to her.

The doctor had told her that she would forget many things: the names of her students, the names of the distinguished historical figures, the avenues, the height of the last man who had been her love.

Sometimes she forgot that she forgot.

She left the house without bathing and greeted people: "Hello, goodbye, ciao, see you tomorrow". The "see you tomorrow" was always directed to a handsome and athletic young man and the young man, handsome, athletic, and with a bright smile, would answer: "See you," and he'd wave his hand as if he were departing from a train station.

Sometimes she remembered what she forgot. She remembered names. Tita, Pepi, Loli. But she didn't remember the women with those names. She'd walk down the street and say: Hello, Tita, send my regards to Loli. Let's play tomorrow, Pepi. And these women were not Tita, nor Pepi, nor Loli.

She didn't remember her name until she had to sign a document, withdraw money from the bank, pay the supermarket bill, when she had to write it. But upon reading her name she felt it had been better to forget it. Her name was not even the slightest bit fortunate.

The doctor once told her that she would forget things little by little because of lack of sugar. Sugar, he explained, is intricately connected with memory and retention.

One day when she was walking along the street greeting the mistaken Lolis and Pepis she passed by a pastry shop. In the store window there was a display of chocolate figures. One of the chocolates looked like the old, dark hand of her grandmother.

explicó, sacó un álbum de fotografías y le mostró que no era un extraño. A ella se lo parecía.

Le dijo también el médico que olvidaría muchas cosas: los nombres de los estudiantes, los de los próceres y avenidas, la estatura del último hombre que había sido su amor.

Y a veces olvidaba que olvidaba.

Salía de la casa sin bañarse y saludaba a la gente: "Hola, adiós, chau, te veo mañana". El "Te veo mañana" siempre iba dirigido a un muchacho guapo y atlético, y el muchacho, guapo, atlético y de brillante sonrisa, le contestaba: "Te veo", y movía la mano como despedida en una estación de tren.

A veces recordaba lo que olvidaba. Recordaba nombres. Tita, Pepi, Loli. Pero no recordaba quiénes eran las mujeres de los nombres. Pasaba por la calle y saludaba: "Hola, Tita, saludos a Loli"; "Jugamos mañana, Pepi". Y esas mujeres no eran Tita, ni Pepi ni Loli.

No recordaba su nombre, hasta que tenía que firmar un documento, sacar dinero del banco, pagar en el supermercado, y lo escribía. Pero al leerlo pensaba que lo mejor que le había pasado era olvidarlo. Su nombre no era nada afortunado.

Le dijo una vez el médico que olvidaría poco a poco por falta de azúcar. El azúcar, le explicó, está finamente conectado con la memoria y la retención.

Un día que iba por la calle saludando a las Lolis y Pepis equivocadas, pasó por una confitería. En la vitrina vio una galería de figuras de chocolate. Un chocolate le pareció la mano oscura y vieja de su abuela. Se asomó, el olor la hizo regresar a las tortugas de chocolate que su madre le compraba de niña. Entró a la confitería. Decidió comer. El sabor del chocolate de tortuga le hizo tener de nuevo cuatro años y esconderse en el cuarto

She got a little closer and the smell took her back to the chocolate turtles her mother would buy her when she was a child. She went into the pastry shop. She decided to eat. The smell of the chocolate turtle instantly transformed her into her four-year-old self eating, between giggles, the entire box of chocolate turtles as she hid in the room that belonged to her grandmother, the one with the dark hands. She bought all of the chocolates: the dark hand of her grandmother, the turtles, the Valentine's day hearts, the bars.

She looked at the pastries. She chose the strudel. Her mother used to eat them every afternoon and when she stole a bite a fine mustasche of powdered sugar appeared above her lips. She paid for the box of strudel. She ordered a strawberry cake, as well as a carrot cake.

A waitress passed with a trayful of ladyfingers. She sighed. Her former lover fit perfectly in her bed, he didn't snore, and he slept on the left side. Now she shared a bed and apartment with a huge man, his feet hung over the edge of the bed, he snored, and he ate all the caramel cake without letting her have a taste.

She ordered a caramel cake. All of the things she ordered were spread out on the table before her. She sat down and tried to remember what she'd forgotten.

The ginger cookies were the remedy prepared by her aunt Dolores, the round aunt with a wart on her nose.

The orange cookies were her childhood friend. They watched the birds that visited the tree in her backyard, the tree that filled with avocados that her grandfather could not eat because he had to keep his cholesterol in check.

A walnut chocolate was her first boyfriend. He showed up one afternoon with a squirrel tucked in his arm: he'd rescued it from the electrical wires.

She got on and off all the trains in all the cities she had ever

de la abuela de manos oscuras, y comer, entre risas, todos los chocolates de tortuga de la caja.

Compró todos los chocolates: la mano oscura de su abuela, las tortugas, los corazones de día de los enamorados, las tabletas.

Se asomó al lado de la repostería. Eligió milhojas. Su madre las comía cada tarde y cuando ella le robaba un trozo aparecía un bigote fino de azúcar sobre sus labios. Pagó la caja de las milhojas. Pidió un pastel de fresa, otro de zanahoria.

Una dependienta pasó por su nariz una bandeja de suspiros. Suspiró. Su último gran amor cabía a la perfección en la cama, no roncaba, dormía del lado izquierdo. El hombre con el que compartía la cama y el apartamento era descomunal, sus pies salían de la cama, roncaba, comía pastel de caramelo y no la dejaba probarlo.

Pidió un pastel de caramelo. Pidió que llenaran una mesa con las compras. Se sentó a retener lo que había olvidado.

Las galletas de jengibre eran el remedio que le hacía la tía Dolores, la tía redonda con una berruga en la nariz.

Las galletas de naranja eran su amiguita de infancia. Veían a los pájaros que llegaban al árbol de su patio, ese árbol que daba aguacates que su abuelo no podía comer para evitar aumentar el colesterol.

Un chocolate con nuez fue su primer novio. Apareció una tarde con una ardilla en la mano: la había rescatado de los alambres de electricidad.

Subía y bajaba de trenes en todas las ciudades a las que había ido. En una probó el mazapán, en otra las cerezas acitronadas, en otra la miel de nenúfar, en otra la jalea de pistacho.

Había pasado diez años sin comer azúcar. Desde que comenzó a desmayarse. Una tarde se desmayó en la ducha. Otro día se

visited. In one she tried marzipan, in another candied cherries, in another water lily honey, in another pistachio jelly.

Ten years had passed without her tasting sugar. From the time she started fainting. One afternoon she fainted in the shower. Another day she fell asleep during lunch, her face sunk into the plate of soup; another day she climbed onto the rooftop and when she saw the clouds she began to fade. The doctor said it was because of the sugar. She should never eat it again unless she wanted to die flabby and blind like her aunt Dolores.

Then, the forgetfulness started.

She ate everything she could at the pastry shop and then she understood why she kept sleeping next to that man despite his snoring and his feet hanging off the bed. Each night, before falling asleep, he'd read old English verses to her and he wouldn't let her try even a crumb of his caramel cake to safeguard her from the dangerous fainting spells; he took her to feed the ducks at the lake in the municipal park, and on cold nights he'd kiss her hands to keep her from shaking.

Her favorite book was gone, in the hands of her brother who left on boat to study in a faraway continent. Her grandfather had died in his sleep. The hands of her grandmother grew gnarled and twisted as an old tree branch after so many years of washing, washing, washing. Her first boyfriend was lost in the war. The man that fit perfectly in her bed had left her for another woman. Her mother…

She stopped eating.

She left the pastry shop. The boy who always greeted her and waved goodbye as if from a train station met her on the way home and asked when they could see each other again. She did not recognize him. As she stepped into the bus she recited the psalms she'd learned in Catholic school. She felt dizzy. Outside

quedó dormida mientras almorzaba, la cara sumida en el plato de sopa; otro día subió a la azotea y al ver las nubes se desvaneció. El médico dijo que era el azúcar. No debía comerla más a menos que quisiera morir blanda y ciega como la tía Dolores.

Entonces comenzaron los olvidos.

Comió todo lo que pudo en la confitería y supo por qué seguía durmiendo con ese hombre a pesar de que roncaba y los pies no le cabían en la cama. Cada noche, antes de dormir, le leía versos en inglés antiguo, no la dejaba probar ni un trozo de su pastel de caramelo para evitar los peligrosos desmayos, la llevaba los domingos a alimentar a los patos del estanque municipal y en las noches frías le besaba las manos para que no temblara.

Su libro favorito había quedado en manos de su hermano cuando partió en barco a estudiar a un continente lejano. Su abuelo murió mientras dormía. Las manos de su abuela se torcieron como rama vieja de árbol después de años de lavar y lavar y lavar. El primer novio desapareció en la guerra. El hombre que cabía a la perfección en su cama se había fugado con otra. Su madre...

Dejó de comer.

Salió de la confitería. El chico que saludaba siempre y la despedía como en una estación de tren la encontró en el camino a casa y le preguntó cuándo se verían. Ella no lo reconoció. Subió al autobús recitando los salmos aprendidos en su colegio católico. Se mareó. Los árboles que veía desde la ventana eran tan altos como los zanquistas de las fiestas, los carnavales.

Vomitó.

Se detuvo en la ventana. Afuera, los edificios viejos volvieron a tener puertas hermosas e inquilinos. Volvió a vomitar. Sacó una servilleta de su bolso y se limpio la boca. Las viejas muertas se

the window the trees looked as tall as carnival stiltwalkers.

She vomited.

She pressed her hand against the glass. Outside, the broken-down buildings recovered their beautiful doors, their tenants. Once again the dead old women sat on their rocking chairs framed in the windows of the colorful buildings. She checked her purse: her passport was expired, her diabetes medicine was expired, her man, the man whose feet dangled off the edge of the bed was expired. A letter said he was expired. She didn't remember having read it before.

She wanted to remember where her mother had gone, where her expired man was. She got home and searched for more food. In the pantry there was only a loaf of bread. She bit into it; it tasted like onion. And she cried.

sentaron de nuevo en sus mecedoras asomadas a las ventanas de los edificios coloreados. Revisó su cartera: su pasaporte se había vencido, las medicinas del azúcar se habían vencido, su hombre, el hombre al que le salían los pies de la cama, se había vencido, decía una carta. No recordaba haberla leído.

Quiso recordar adónde habían ido su madre, su hombre vencido. Llegó a casa, buscó más comida. En la alacena solo había un pan. Lo mordió, le supo a cebolla. Y lloró.

Hunger

Hunger is the only memory. Hunger is memory. The hole in the stomach that eats itself raw, that eats and then does not eat. The stomach churns, the hole burns. Teresa is a woman with a hole under her chest, and beneath her legs: nothing, air perhaps.

❖

She seemed to be asleep and dreaming of flying. She seemed to be asleep with eyes half-closed, trembling eyelashes, as if midnightmare. Teresa seemed suspended in the heavens, like a rising virgin, a bird, a cloud.

Teresa was awake and floating.

The wind lifted her while she was eating breakfast. She clung to the table; her eyes trembled as the mugs and plates trembled. Bread started to fall, crumb after crumb, from her mouth. She dug her fingernails into the table to stop herself, like an anchor, and she dragged her fingernails until they broke, until they bled.

The wind, or something invisible, pulled at her. It lifted her skirt first, and then her feet. Her petticoat moved like a windmill

El hambre

El hambre es el único recuerdo. El hambre es el recuerdo. El hueco en el estómago que come la carne viva que come y ya no come. Arde y dobla el estómago, dobla el hueco. Teresa es una mujer con un hueco debajo del pecho, y debajo de las piernas: nada, tal vez el aire.

❖

Parecía que estaba dormida y que soñaba que volaba. Parecía dormida con los ojos entrecerrados y las pestañas temblorosas, como en una pesadilla. Parecía Teresa detenida en el cielo, como una virgen en tránsito, como el pájaro, como una nube.

Teresa estaba despierta y flotaba.

El viento la levantó mientras desayunaba. Ella se aferró a la mesa; los ojos le temblaron como temblaron las tazas y los platos. El pan comenzó a caer, miga tras miga, de su boca. Hincó las uñas a la madera para detenerse, como un ancla, y arrastró las uñas hasta perderlas, hasta sangrar.

El viento, o algo invisible, la halaba. Le había levantado la

and raised her up as if a whirlwind had been born inside of her.

Then Teresa gave up.

She closed her eyes, felt a hole in her stomach and shot to the ceiling. She trembled and looked down: the messy table, the spilled wine, the stained tablecloth, the cups tipped over, the bread an unfinished morsel.

❖

The old women entered and did not find her. She wanted to hide by clinging to a wooden beam, but she could not dominate her weightless body. They did not search for her; they did not look up. Old women always look down, especially when they are almost blind. For the blind there are only walls, the faces of people, the touch of a hand. They felt the damp tablecloth, tidied the table, threw away the bread.

And Teresa was hungry.

And she could not eat.

Ever.

❖

And for the first time ever, she felt dread.

❖

The old women entered and exited the kitchen many times, hours, days. Nobody looked up, to the girl in agony. She had attached herself to the ceiling like the egg of an insect, and she was becoming white, transparent and soft.

falda, primero, y luego los pies. Las enaguas se movían como los molinos y la encumbraba un torbellino que nacía de ella misma.

Entonces Teresa se venció.

Cerró los ojos, sintió un hueco en el estómago y se disparó hasta el techo. Tembló y miró hacia abajo: la mesa deshecha, el vino caído, el mantel manchado, las tazas volteadas, el pan en un inconcluso bocado.

❖

Las viejas entraron y no la encontraron. Ella quiso esconderse, aferrarse a una viga, pero no dominaba su cuerpo ingrávido. No la buscaron, no vieron hacia arriba. Las viejas siempre miran abajo, sobre todo cuando van quedándose ciegas, para las ciegas solo existen las paredes, los rostros de las gentes, el contacto. Tocaron el mantel mojado, organizaron la mesa, tiraron el pan.

Y Teresa tuvo hambre.

Y no pudo comer.

Nunca.

❖

Y tuvo, por primera vez, pavor.

❖

Las viejas entraron y salieron de la cocina varias veces, horas, días. Nadie veía arriba, a la muchacha que agonizaba. Se había pegado al techo como un huevo de insecto y se iba volviendo blanca, transparente y blanda.

The hunger was a saliva stain in her throat. Hunger was the only memory. It had hardened in the middle of her soul. The bread was also hard, thrown into the wastebasket, never to be eaten, never to be bitten into, never to be spread thick with honey. Teresa's tongue was becoming gelatinous like some other thick saliva. She looked over at the wastebasket: the bread had sprouted mold, like tiny trees. Teresa tried to move, like a purposeful whirlwind. She moved her feet, she entwined them together; she made herself into a screw, a drill, and she wanted to dive down from the ceiling.

She had no strength; she was air. And like air, she simply floated.

❖

One day she smelled soup cooking: she saw the potato peels, the carrots, the onions and the pumpkin. The smell reminded her of the only thing she knew: hunger. So she opened her arms, opened her legs, she lifted her hand and grabbed onto a beam, and then another, and another, until she reached the wall. She crawled down like a spider and moved towards the stove. She let go of the wall and tried to control her floating towards the soup pot; when she got closer, close enough to taste, her mouth began to salivate and the air once again lifted her up.

❖

Another day she was able to descend.

When she was about to reach a plate of eggs, the old women entered. Teresa shied away, she clung onto a chair and closed her eyes. The old women finally saw her. They thought she was praying, that she was doing penance.

El hambre era una mancha de saliva en el cuello. El hambre era el único recuerdo. Era dura en medio del alma. El pan era duro, también, tirado en ese cesto, jamás comido, jamás mordido, jamás colmado de miel. La lengua de Teresa fue haciéndose gelatinosa como otra saliva espesa. Volvió a ver hacia el cesto: del pan nacían pequeños hongos, como árboles cutáneos. Teresa intentó moverse como un torbellino con voluntad. Movió los pies, los enrolló, se hizo tornillo, taladro, y quiso bajar al piso, como en un zambullido.

No tuvo fuerza, era aire. Y como todo aire, siguió flotando.

❖

Un día sintió el olor de una sopa: vio las cáscaras de las patatas, las zanahorias, los ayotes y las cebollas. El olor le recordó lo único que conocía: el hambre. Entonces abrió los brazos, abrió las piernas, levantó una mano y asió una viga, luego, otra, varias, hasta llegar a la pared. Bajó como bajan las arañas y se acercó a la estufa. Se separó de la pared e intentó dominar la flotación hasta la olla con la sopa, se acercó, un poco, y cuando estuvo cerca de la olla, lo suficiente para al menos probar una tapa, la saliva comenzó a caer por su boca y el aire la llevó de nuevo arriba.

❖

Otro día pudo bajar.

Cuando estaba a punto de acercarse a un plato con huevos, las viejas entraron. Teresa se respingó, se asió a una silla y cerró los ojos. Las viejas pudieron verla al fin. Pensaron que rezaba, que penitaba.

They said:

—She's been hiding from the world, fasting, for so many days. Her temperance is so devout she's come to the kitchen to do her penance. She is a saint.

They broke a few eggs and left them on a plate, resting. And then they left the kitchen.

❖

The eggshells grew like a pile of beautiful bones.

And Teresa reached her hands into the air to touch the fragility of the shells, the fragility of the mouth, the thirst of the saliva.

But she floated.

She was floating up.

Until she was stuck once again between the beams of the ceiling, clinging, by two hands, hanging like a bat in a starched skirt.

When she heard footsteps she moved between the beams, to where the wall began, digging her fingers into the holes in the stones, and the spider web, and she descended, crawling, to the sacks of wheat.

The old women entered, and they saw her so immersed in counting the grains that they said nothing. One should never interrupt a penitent, it would be like throwing cold water on a mating dog, something crazy would happen, her voice would become a fitful howling.

Sometimes Teresa would take the seeds, bring them to her mouth, and bite into them. But the seed is a shell and in it flour does not yet exist, much less bread, and never the flavor.

And she floated.

She continued to float until she reached the ceiling. With no possibility of descending.

Se dijeron:

—Lleva tantos días escondida del mundo, en ayuno. Es tanta su templanza que viene a hacer su penitencia a la cocina. Es una santa.

Rompieron varios huevos y los dejaron en un plato, reposando. Y salieron de la cocina.

❖

Los cascarones de huevo iban creciendo como una pila de cadáveres hermosos.

Y Teresa arrastraba las manos por el aire para asir al menos la fragilidad del cascarón, la fragilidad de la boca, la sed de la saliva.

Pero subía.

Iba subiendo.

Hasta detenerse en las vigas del techo, quedarse ahí, sujeta, a dos manos, colgada, como un murciélago de falda almidonada.

Cuando oía pasos, se movía entre las vigas, hacia el inicio de la pared, aferraba los dedos a los agujeros de las piedras, y la telaraña, y bajaba, reptando, hasta los costales de trigo.

Las viejas entraban, y la veían tan inmersa en contar los granos que no le decían nada. No hay que interrumpir a las penitentes, sería como tirar agua fría sobre el perro recién apareado, alguna locura pasaría, un aullido intermitente se convertía en su voz.

A veces, Teresa tomaba las semillitas, las llevaba a su boca, mordía. Pero la semilla es una cáscara y en ella no existe aún la harina, mucho menos el pan, jamás el sabor.

Y flotaba.

Seguía flotando hasta golpearse con el techo. Sin posibilidad de bajar.

The saliva ran from her mouth and she thought of making a soup. She made the shape of a bowl with her hands and held it under her mouth. And waited.

Hours.

Every day, more and more tired.

Her gums more sunken.

Hands transparent as onionskins.

And the saliva ran from the back of her tongue to her teeth, dripped from between her canines, ran down her chin, poured into her hands, filled them. And with her last ounce of strength she lifted her hands. And drank of herself.

Finally.

Translation by Emilie Delcourt.

La saliva le escurría por la boca y pensaba en hacerse una sopa. Formó una escudilla con sus manos y la llevó debajo de la boca. Y esperó.

Horas.

Cada día más cansada.

Las encías más hundidas.

Las manos transparentes como la cáscara de cebolla.

Y la saliva se arrastró desde el inicio de la lengua hasta los dientes, escurrió por los colmillos, bajó por la barbilla, cayó en las manos, las colmó. Y ella levantó la mano con la última fuerza. Y se bebió.

Finalmente.

Birds

Two women enter a café. They carry a cage. They sit, ask for the menu, place their orders: bread, coffee, and sugar.

One is old, the other young. The young woman takes the bread and hands it to the older woman. The old woman breaks it into crumbs on her plate; she opens the cage, sprinkles it and asks:

—Did we already pay for the bread?
—Yes, we paid.
—How many rolls did we buy?
—Three.
—The refrigerator is filling up with ice.
—It will defrost.
—Have all the leaves fallen from the tree in the yard?
—They've fallen.
—Who will rake them?
—Someone will rake the yard.
—Eating yet?
—Yes, the bird is eating.
—No, no, the girl… Has she eaten yet?

The girl is a cloud trail in the blind eyes of the old woman. The

Los pájaros

Dos mujeres entran a una cafetería. Llevan una jaula. Se sientan y piden el menú, ordenan: pan, café, y azúcar.

Una es vieja, la otra es joven. La joven recibe el pan y lo entrega a la vieja. La vieja lo desmiga sobre un platillo, abre la jaula, lo sirve y pregunta:

—¿Ya compramos el pan?
—Ya lo compramos.
—¿Cuántos panes compramos?
—Tres.
—El refrigerador se está llenando de hielo.
—Se descongelará.
—¿Ya cayeron las hojas del árbol del patio?
—Ya cayeron.
—¿Quién las barrerá?
—Alguien barrerá el patio.
—¿Ya está comiendo?
—Sí, ya come el pájaro.
—No, no, la niña ¿ya está comiendo?

La niña es una estela en los ojos ciegos de la vieja. La niña no

girl never existed, or she grew up long ago. The girl died or she left, no one knows, and they were left with the birds.

They filled their house with birdcages; they left them open and let the birds roam the house like guests. The birds slept in their shoes and defecated on the porcelain figurines the way pigeons defecate on statues of heroes in plazas. When the women went out, they carried the birds in their purses, they clung to their chests like brooches, the birds climbed up their clothes until they installed themselves on their heads.

—Nice hats, ladies.

Nice hats that fly with the wind and don't come back like the hats children lose when they are not tied to their heads, they float away into the vastness like the balloons of children in the park, like birds escaping from a cage.

The birds sang when they took flight and the women, with tears in their eyes, waved goodbye.

Goodbye, bird,

goodbye.

The house was full of feathers and shit, eggshells and shit; the birds left a thin layer of shit on the teacups and tables the way pigeons shit all over the heroes and nations, on memory and oblivion.

And they decided to go out.

The waiter approaches with another basket of bread. He places two more rolls on the table. The women crumble the bread. One two three five eighteen twenty breadcrumbs. The waiter asks if it isn't dangerous to keep the cage open.

No.

It's not dangerous.

Flight began with a fall. Life began with wings dashing against

existió, o la crió hace tiempo. La niña murió o se fue, quién sabe, y ellas se quedaron con los pájaros.

Llenaron la casa de jaulas con pájaros, las abrieron, dejaron a los pájaros andar por la casa como huéspedes. Los pájaros dormían en los zapatos y defecaban en las figurillas de porcelana como defecan las palomas sobre los héroes de las plazas.

Cuando las mujeres salían, llevaban a los pájaros en la cartera, en el pecho como un prendedor; los pájaros subían por las ropas hasta instalarse en la cabeza.

—Qué bonito sombrero, señoras.

Qué bonito sombrero que vuela con el viento y no regresa como los sombreros que pierden los niños cuando no los atan a su cabeza, como los globos que suben a la inmensidad cuando los pierden los niños en el parque como los pájaros que salen de la jaula.

Los pájaros cantaban cuando alzaban vuelo y ellas, con lágrimas, les decían adiós con la mano.

Adiós, pájaro,

adiós.

La casa quedó llena de plumas y de mierda, de cascarones de huevos y de mierda, de una capa fina de mierda que dejaron los pájaros en las tacitas y en la mesas como la dejan las palomas sobre los héroes y sobre las naciones, sobre la memoria y el olvido.

Y ellas decidieron salir.

El mesero se acerca con otra bandeja de pan. Coloca dos panes más sobre la mesa. Las mujeres desmigajan el pan. Uno dos tres cinco dieciocho veinte migas. El mesero pregunta si no es peligroso mantener la jaula abierta.

No.

No es peligroso.

El vuelo comenzó con la caída. La vida comenzó con unas

stone, with an avalanche, lava and mud, downhill, with a bird that couldn't take off. The first birds had scales and never flew; all beginnings start with an ending.

People eating their bread and drinking their coffee look at the table with the two women. They hear a bird singing a very high note, as if one hundred different birds were singing, as if the café were really a birdhouse. People stop eating; the waiter approaches with more coffee and he trips over the long legs of the clientele. They flap their arms in a clamor and he falls with his tray full of bread and cups.

The women can't hear the bird.

They crumble the bread.

They never ever heard the birds.

They lost them.

The customers chirrup and cluck at their breadcrumbs; beaks jut from their mouths, feathers fan from their underarms, tails poke out from beneath their skirts. The waiter hears their chirps and clacks, how they slap their wings on the bars, at dusk, at the exact moment two women enter the café with a cage.

Empty.

alas estrellándose sobre la piedra, con una avalancha, lava y lodo, cuesta abajo, con un pájaro que no pudo levantarse. Los primeros pájaros tuvieron escamas, no lograron volar; todos los inicios comienzan con un final.

Las gentes que comen su pan y beben su café miran la mesa de las dos mujeres. Escuchan un pájaro que canta demasiado alto como si cien pájaros diferentes cantaran, como si la cafetería fuera en realidad una pajarera. La gente deja de comer, el mesero se acerca a servir café y tropieza con las patas demasiado largas de sus clientes. Le dan aletazos como cachetadas y cae con su bandeja con panes y tacitas.

Las mujeres no escuchan al pájaro.

Desmigan el pan.

No escucharon a los pájaros nunca.

Los perdieron.

Los clientes pían, reclaman, sus migas de pan; les salen picos de la boca, plumas de las axilas, colas de las faldas. El mesero escucha que trinan y aletean como aletean y trinan los pájaros en el alambre al atardecer, justo la hora en la que a la cafetería entran dos mujeres con una jaula.

Vacía.

The Needle Threader

When grandmother went blind I became the needle threader. Because the duties of a grandmother are sewing, mending, and darning—regardless if they go blind.

They're nearby, touching the walls, the clothing and faces of people, recognizing the holes, the wounds, mending everything.

A mother who doesn't love her child because he's ugly will have her mouth sewn shut; they will never let her say it and harm the child's soul. They blow on the hot spoon of the one who doesn't want to eat, and when the grandchild falls they wipe the blood off with an embroidered cloth and seal the wound. They heal.

When my grandmother went blind she was 60 years old and I was 10.

Before I became the needle threader I liked going into my grandmother's room to look at her sheets embroidered with the initials of family members and dead loved ones; her long and colorful darned socks; the needles, pins.

The pins had round heads of brilliant colors like the pearls of a necklace belonging to a girl that never married—surely, because according to my grandmother, pearls transform into tears. My

La enhebradora de agujas

Cuando la abuela se quedó ciega, fui nombrada enhebradora de agujas. Porque el oficio de las abuelas es coser, zurcir y remendar, aunque se queden ciegas.

Andan por ahí, tocando las paredes y las ropas y los rostros de las gentes, reconociendo los agujeros, las heridas, zurciendo todo.

A una madre que no quiere a un hijo por feo, le cosen la boca y no dejan nunca que lo diga y hiera el alma del hijo; soplan el bocado caliente para el que no quiere comer, y cuando el nieto cae, limpian la sangre con un trapito bordado, cosen la herida. Sanan.

Cuando mi abuela quedó ciega, tenía 60 años, y yo diez.

Antes de ser la enhebradora, me gustaba acercarme al cuarto de mi abuela y ver sus sábanas bordadas con iniciales de familiares o amores muertos, los calcetines zurcidos, largos y de colores, las agujas, los alfileres.

Los alfileres tenían cabezas redondas y de colores brillantes, como perlas de collar de muchacha que nunca se casó, de seguro porque las perlas, dice mi abuela, se convierten en lágrimas.

grandmother stuck the pins in a red, furry heart-shaped pillow. The poor heart was full of pins, as if it were some kind of love voodoo. I'd take out the pins one by one and see that the heart would be forever riddled with holes. Then I'd put them back in and feel the pain of abandoned hearts; I'd think about the abandoned grandmothers riddled with holes and their curtained rooms filled with saints. And no one mends them.

My parents noticed that I spent the afternoons organizing pins and needles and, how, just as I was about to go out to play with my friends, my grandmother would shout:

—Child, I have a blind knot I can't undo!

I'd go back to unravel and untie it and only then could I go out to play. But by then it was too late and my friends were doing homework, learning to cook chick-peas, or sew buttons.

Back then my grandmother was 60 years old and I was 10. Ten years have passed and now the two of us are 70.

I began to age with my grandmother. One day I looked in the mirror and I saw two white hairs shining in my braids. My mother looked at them proudly; she thought white hairs were symbols of wisdom. But I'd forgotten the multiplication tables, the seasons, the cardinal points. The only thing I remembered were the types of needles: the thinnest one, with the infinitely tiny hole that would never let a camel pass through; the triangle point to sew leather; the small as a teardrop needle to make needlelace; the giant tapestry needles to sew thick fabrics. One should not sew during a thunderstorm because the needle attracts lightning.

My parents decided to move me into my grandmother's room. That way she wouldn't be so alone and wouldn't stain all of her sewing with blood. She was going blind and when she was able to thread the needle on her own, she'd prick her fingers when she

Mi abuela los clavaba en su alfiletero, que era un corazón rojo y peludo. El pobre corazón estaba lleno de alfileres, como si de un embrujo de amor se tratara. Yo sacaba los alfileres uno por uno y veía que el corazón estaba agujerado para siempre. Luego volvía a ponerlos, y sentía el dolor del corazón abandonado; pensaba cómo, en sus cuartos de cortinas y santos, las abuelas están abandonadas y llenas de agujeros. Y nadie las remienda.

Mis padres notaron cómo yo pasaba las tardes ordenando los alfileres y las agujas y cómo, cuando estaba a punto de salir a jugar con mis amigas, la abuela me gritaba:

—¡Niña, tengo un nudo ciego y no puedo deshacerlo!

Y yo regresaba y desenmadejaba y desenredaba, y hasta entonces podía salir a jugar. Pero ya era tarde, y mis amiguitas se dedicaban a las lecciones, a aprender a cocinar garbanzos o a coser botones.

Entonces mi abuela tenía 60 años, y yo diez. Han pasado diez años, y las dos tenemos 70.

Empecé a envejecer con mi abuela. Un día me vi en el espejo y un par de canas brillaba en mis trenzas. Mi madre las veía orgullosa, pensaba que las canas eran signo de sabiduría. Pero yo olvidaba las tablas de multiplicar, las estaciones, los puntos cardinales. Lo único que recordaba era los nombres de las agujas: la delgadilla, de agujero ínfimo por donde nunca pasaría un camello; la punta chata, para coser cueros; la agujalágrima, para hacer encajes; la capotera, que es gigante, para coser telas gruesas; no hay que bordar durante una tormenta porque la aguja llama al rayo.

Mis padres decidieron que me mudara al cuarto de mi abuela. La vieja no estaría tan sola y ya no mancharía de sangre todas sus costuras. Se estaba quedando ciega y cuando lograba enhebrar

sewed and bleed. Old age is cruel.

We've spent the last ten years in this room full of saints that no longer appear on calendars and we've embroidered one thousand two hundred tablecloths, darned five hundred forty nine pairs of socks, and knitted at least one hundred sweaters.

Sometimes when we sew, my grandmother asks about one of her friends.

—Grandmother, she died already.

But she insists:

—The girl that sells fruit at the market, the one with the peaches?

—She died last week.

—And the shoemaker?

—Him, too.

—He made precious shoes with kitten heels.

—That shoe is out of style.

And we embroider for a while.

—And the Vega's cook?

—She also died.

—And Bertita, my cousin?

—She died seven years ago.

—No one's left.

She sighs.

—You're still here, grandmother.

And we stay silent. Grandmother looks out of the window and doesn't see the sunset, nor the streets, but she knows perfectly well where the shoe store is at and all the routes of the fruit vendor, the neighbor's cat, the streetcar.

—The Vegas lived on that corner, now there's a school there. And in the house with the ducks on the entrance they used to sell

una aguja sola, se pinchaba los dedos al coser, y sangraba. La vejez es una cosa cruel.

Llevamos diez años encerradas en este cuarto lleno de santos que ya no existen en los calendarios y hemos bordado mil doscientos manteles, zurcido quinientos cuarenta y nueve pares de calcetines y tejido unos cien suéteres.

A veces, cuando bordamos, mi abuela me pregunta por algún amigo:

—Ya murió, abuela.

Pero ella insiste:

—La niña que vendía frutas en el mercado, la de los melocotones.

—Ella murió la semana pasada.

—¿Y el zapatero?

—También.

—Hacía unos zapatos preciosos, con tacón de muñeca.

—Ese tacón ya pasó de moda.

Y bordamos otro poco.

—¿Y la cocinera de los Vega?

—También se murió.

—¿Y la Bertita, mi prima?

—Ella murió hace siete años.

—Ya no queda nadie.

Suspira.

—Usted queda, abuela.

Y nos quedamos calladas. La abuela se asoma a la ventana y no ve el atardecer ni las calles, pero sabe perfectamente dónde estaba la zapatería y por dónde cruzaba la vendedora de frutillas, el gato de los vecinos, el tranvía.

—En esa esquina vivían los Vega, ahora no hay nada porque es una escuela. Y en la casa que tiene unos patos a la entrada

caramel cones for two cents each. In that house you see there, the one with the entrance hall painted green, see it? In that house they baked cookies with hot pepper.

—I don't see it.

—How can you not? It's the house with the black gate that's now green.

—I remember it, but I don't see it.

—It's there, on Chávez Street.

—I don't see it.

I stopped looking at the distant streets, the pigeons that took shelter from the rain in the roof of the house across the way, the far door of the room.

Then grandmother took me by the hand and showed me how to recognize people by their angular nose or their bushy brows, how to use a thimble guided only by touch, how to guess the color of thread: the red threads are hotter and thicker than blue ones; those you hardly feel, they're like a cold breeze through your fingers.

I kept threading needles because my eye never got lost in that tunnel that will never allow camels to pass through, but I started to prick myself and left warm stains on the flowers, on the handkercheifs.

One day my mother came and she said my eyes had turned blue; she told me I looked beautiful with my white hair. I wanted to see myself in the mirror, to see myself pretty, but when I searched for the mirror I tripped on the sewing table. Everything fell, the threads, the scissors, the pins, and the mirror broke into seventy pieces. Seventy times needles.

vendían barquillos con dulce de leche, a dos centavos. En esa casa que ves ahí, la del zaguán negro que pintaron de verde, ¿la ves? En esa casa cocinaban galletas con chile.

—No la veo.

—¿Cómo no la vas a ver? Es la casa de portón negro que ahora es verde.

—La recuerdo, pero no la veo.

—Aquí está, sobre la calle Chávez.

—No la veo.

Dejé de ver las calles lejanas, las palomas que se refugiaban de la lluvia en el techo de la casa de enfrente, la puerta final del cuarto.

Entonces la abuela me tomó de la mano y me enseñó a reconocer personas por la nariz angulosa o las cejas espesas, a tomar un dedal y usarlo al palpo y a adivinar el color de un hilo: los hilos rojos son más calientes y gruesos que los azules, que casi no se sienten, son como una corriente helada entre los dedos.

Yo seguía enhebrando, porque mi ojo aún no se perdía en el túnel por el que no pasarán nunca los camellos, pero comenzaba a pincharme y a dejar manchas calientes en las flores, en los pañuelos.

Un día vino mi madre y dijo que los ojos se me habían vuelto azules, y me veía hermosa con mi cabello blanco. Yo quise verme en el espejo, encontrarme linda, pero al buscarlo tropecé con un costurero. Cayeron los hilos, las tijeras, los alfileres, y el espejo se quebró en setenta pedacitos. Setenta veces agujas.

Dust

The bridegrooms of the dead are a mystery. They turn pale and quiet; it's complicated to know what to say to them because they aren't widowers and, who knows, maybe they've rid themselves of a bad woman.

Plagues such as dysentery can wipe out a town in just days, what would take violence and old age years. Around that time about one hundred people died in the town, and among them was the bride. Framed in the coffin's glass, her mouth more red than ever, more whore's mouth than bride's mouth, she looked like the portrait of a sleeping woman. One week previous they had taken a portrait of her with dark lips, like chocolate.

People approached the bridegroom to give him strange condolences; he was not a widower and he wasn't family either. The formalities of death become complicated to fulfill. He fastened on a smile and turned to his bride inside the coffin; she looked as if she were a medallion. He remembered the day the portraitist came to town; a shirtless boy carried an enormous black box on his shoulder. The portraitist stopped in his tracks when he saw the bride in the plaza; he walked up to her, speaking

El polvo

Los novios de las muertas son un misterio. Se vuelven pálidos y callados, es complicado decirles algo porque no son viudos y, quién sabe, quizá se han quitado de encima a una mala mujer.

Algunas pestes como la disentería pueden matar en unos días lo que a la violencia y a la vejez le lleva años. Unas cien personas murieron en el pueblo por esos días, y entre ellas, la novia. Enmarcada en el cristal del ataúd, la boca más roja que nunca, más labios de puta que de novia, parecía el retrato de una mujer dormida. Una semana atrás le habían sacado un retrato en el que tenía los labios oscuros, como chocolate.

La gente se acercaba al novio y le daba un extraño pésame, no era viudo y tampoco era de la familia. Las formalidades de la muerte se volvían difíciles de cumplir. Él amagaba una sonrisa y volvía a ver a la novia dentro del ataúd, como en una medalla. Recordó el día en que el retratista llegó al pueblo con su enorme caja oscura en hombros de un niño sin camisa. Entonces, el retratista detuvo su paso al ver a la novia en la plaza, se acercó a ella, gritó un par de cosas y decidió sacarle un daguerrotipo: un retrato pequeño que no era una pintura, explicó, un retrato

loudly and he decided to make a small daguerreotype of her. He explained it was not a painting, but rather an exact portrait of her that was like looking in the mirror. He would present it to her in a glass and velvet case, much like a medallion.

Never had one of those black boxes been seen before in town, never had anyone owned a portrait to place on the mantel of their house or to give as a gift to their bridegrooms or family members. The bride would be the first one in town to have a portrait.

The day the portrait was made, the bride wore her most sumptuous dress, the only one she had, the dress she would be married in. An old woman saw her cross the street towards the black box of the portraitist and she yelled out,

—That girl will not marry! Wearing your wedding dress before the given day is bad luck!

The portraitist waited in the plaza; the bride looked so beautiful with her lace-trimmed collar. The man said he had never photographed a woman like her; she was like an apparition, an angel, anything but a small-town bride. He indicated she should sit on a high stool; he attached a hook to her back to keep her upright throughout the session, painted her lips with a pigment dark as chocolate, and asked her to look at the black box. For hours. The bridegroom got nervous when he saw the dark and shining lips and he stoked the brim of his hat so many times it began to unravel. This is what he thought of while people gave him their flimsy condolences and approached the coffin with a handkercheif to their noses to avoid the stink of death.

Plagues such as dysentery strike all of a sudden: in the letter delivered by messenger, in the directions requested by a driver, or in the hands of a skinny shirtless boy carrying a black box that makes portraits. Hollow and sunken, the dead boy stretched out

exacto, como verse al espejo. Se lo entregaría guardado en un estuche de cristal y terciopelo, como si fuera una medalla.

Nunca había llegado al pueblo una de esas cámaras oscuras que permiten que la gente tenga retratos que pueda regalar a sus novios o familiares o colocar sobre alguna mesa en la casa. La novia sería la primera retratada del pueblo.

El día que sacaron el retrato, la novia se puso su vestido de más suntuoso, el único que tenía, el vestido con el que se casaría. Una vieja la vio cruzar las calles, camino a la caja oscura del retratista, y gritó:

—¡Esta niña no se casa, usar el traje de novia antes de la boda es mal agüero!

El retratista la esperaba en la plaza, la novia lucía tan hermosa con el cuello rodeado de encajes. Dijo el hombre que nunca había retratado a una mujer como ella, parecía una aparición, un ángel, cualquier cosa menos una noviecita de pueblo. Le indicó que se sentara sobre un banco alto, colocó un gancho atrás de ella para cogerle la espalda y mantenerla erguida durante la sesión, pintó sus labios con una oscura mezcla como el chocolate, y le pidió que mirara hacia la caja. Por horas. El novio se puso nervioso al ver aquellos labios oscuramente encendidos, y pasó el sombrero entre sus dedos tantas veces que le deshizo un ala. Eso recordaba mientras las gentes le daban un aguado pésame y se acercaban al ataúd con un pañuelo en la nariz para evadir el apestoso humor de la muerte.

Las pestes como la disentería llegan a un pueblo de pronto: en la carta que entrega un mensajero, en la dirección que pide un cochero o en las manos de un chiquillo flaco y sin camisa que carga una caja negra que saca retratos. Cuando el chiquillo murió, quedó hundido y desinflado sobre la cama de la pensión en la que

on the bed of the hostel where he had stayed with the portraitist. The man then hired an orphan that worked at the market to accompany him and carry the black box on his back as they fled to the neighboring town.

The portraits remained in the town and with them the dysentery of the boy who had delivered the packages, precious as medallions, and who received the payments and handed back the change in coins.

Infectious diseases such as dysentery are transmitted hand to hand, in the dirt beneath the nails that form the dough; they are fermented in the bread and grow like invisible monsters that suck the life from the townspeople and leave them hollowed out and bedridden.

Inside the velvet and glass case there was a fat woman with a pearl necklace and the gaze of a down-on-her luck-viscountess, and inside a coffin an identical woman, as if reflected in a mirror. When the precious cases were opened, the portraits started to fade the way all daguerreotypes fade: the light and air destroying the fine layer of pigments that make up the portraits; this was why the portraitist warned them to never open the cases.

But at that time, so many cartloads of hollowed-out and putrefying bodies arrived at the church doors that the priest ordered an enormous trench to be dug just outside of town to dump all the bodies. He prohibited wakes for those who had died of dysentery and no one could be buried in the backyard of their homes. The bride died just after dawn and her family decided to bury her at midday. They thought: the sun cures all and if they held the funeral procession at noon the plague would disappear.

The bride's coffin ended up in the trench that was the burial spot of the down-on-her-luck viscountess; the captain of the police force, with his badge of honor and his mustache curling

se había hospedado con el retratista. El hombre entonces contrató a un huérfano que cargaba bultos en el mercado, le colocó la caja oscura en la espalda y huyeron hacia el pueblo vecino.

En el pueblo quedaron los retratos y con ellos la disentería del chiquillo que entregaba los estuches primorosos, casi medallones, y recibía los pagos y entregaba las monedas de cambio.

Las enfermedades infecciosas como la disentería se transmiten de mano en mano, se cuelan en la tierra de las uñas que se clava en la harina, se fermentan en el pan y crecen como monstruos invisibles que en unos días chupan los cuerpos de los hombres y los dejan desinflados en la cama.

Había una mujer gorda con un collar de perlas y mirada de vizcondesa venida a menos adentro de un estuche de terciopelo y cristal y una mujer idéntica, como vista desde un espejo, dentro de un ataúd. Todos los retratados se fueron borrando como se borran los daguerrotipos al abrir el precioso estuche: el aire y la luz destruyen la capa fina de pigmentos que son los retratos, explicaba el retratista, por eso no había que abrirlos nunca.

Por esos días, el cura recibió tantas carretas con cuerpos desinflados y apestosos en la puerta de su iglesia que mandó abrir, a orillas del pueblo, una enorme zanja para que en ella se dejara caer a los muertos de disentería. Prohibió que fueran velados o enterrados en los patios de las casas. La novia murió en la madrugada y la familia decidió enterrarla a mediodía: el sol todo lo cura y al llevar el cortejo fúnebre a mediodía, la peste desaparecerá, pensaron.

El ataúd de la novia fue a parar a la zanja donde estaban la gorda vizcondesa venida a menos; el insigne capitán de policía, con su bigote enrollado sobre unos labios por primera vez pintados, y los nietos del alcalde, cada uno guardado en ataúdes

over his newly-painted lips; the mayor's grandchildren, each stowed away in coffins just a little bit larger than the cases that held their portraits.

The midday heat forced the bridegroom to unbutton his elegant waistcoat, the only one he had, the coat he would have been married in. When he saw his sweaty shirt stuck to his skin he remembered the sweat-glazed body of his bride after hours of staring at the black box; trapped upright by a hook, the lace of her blouse was so wet that her nipples glowed beneath the cloth. He had never touched her body.

The bridegrooms of the dead are a mystery; they are not widows and they experience the pain of death differently than a mother or child in mourning. The bridegroom experienced grief as if it were a new illness that filled his mouth with saliva he could not swallow.

Inch by inch, the shovel-fulls of dirt on the coffin erased the bride's last portrait. The dirt covered the glass that framed her face for the last time. Where she could be seen for the last time. The bridegroom remembered that he had never touched her body. He felt the urge to tongue her skin. Diseases such as dysentery suck the life from a body and leave only rotten meat. The bridegroom had never licked the bride, had never sucked on her lip or nipple, had never introduced his tongue into any sacred orifice of her virgin body. Saliva drooled from his lips. He drooled like a man infected with rabies, like a man plagued by illness. He remembered that the portraitist had delivered his beloved's portrait in a small, sealed case, like a medallion, and he had stored it in his house. He wiped off the saliva and sweat, showed gratitude for their incomprehensible words, and ran in search of the daguerreotype. He crashed into the carts that transported the dead, he bumped into people covering their noses

un poco más grandes que los estuches de sus retratos.

El calor del mediodía obligó al novio a desabrochar su saco de gala, el único que tenía, el saco con el que se casaría. Al ver la camisa pegada a su piel recordó el cuerpo húmedo de la novia después de tantas horas de ver hacia la cámara oscura, atrapada por un gancho: el encaje de la blusa se mojó tanto que sus pezones se iluminaron por debajo del vestido. Y él nunca la había tocado.

Los novios de las muertas son un misterio, no son viudos aún y experimentan lutos diferentes a una madre doliente, a un hijo. El novio experimentó el luto como si se tratara de una nueva enfermedad, babeaba.

Las paladas de tierra sobre el ataúd de la novia iban borrando poco a poco su último retrato. La tierra cubría ese marco de cristal en el que se le podía ver por última vez. En el que se le vería por última vez. El novio recordó que nunca la había tocado. Sintió ganas de lamerla. Las enfermedades como la disentería chupan el cuerpo y entregan carnes podridas a la muerte. El novio nunca había lamido a la novia, tampoco había chupado labio o pezón, tampoco había introducido su lengua en algún orificio sacro de su piel de virgen. Babeó. Babeaba como enfermo de rabia, como enfermo de otra peste. Recordó que el artista le había entregado el rostro de su amada en un estuche pequeño y sellado, como una medalla, y lo había guardado en su casa. Se limpió la saliva y el sudor, agradeció palabras incompresibles y corrió en busca del daguerrotipo. Tropezó con las carretas que transportaban a muertos, con la gente que se cubría la nariz para huir de la muerte, con los desmayados a media calle, y llegó a su casa.

La saliva escurría por su boca como escurre por el hambre. Qué es el hambre sino la ansiedad por la carne de un animal que ya no vive. Un animal hermoso como había sido la novia. Buscó

with handkerchiefs to keep death at bay, he dashed between those passed out mid-street, and arrived home.

Saliva poured from his mouth as if he were starving. What is starvation if not desperation for the meat of a thing that is no longer living. A beautiful beast such as his bride had been. He searched for the case. She was there forever. He wanted to lick those chocolate-dark lips. He tried to open the case as it slipped between his sweaty palms. He struck it against the floor several times. It was sealed like a coffin. He searched for a knife, stuck the edge in one of the corners and the case opened like a seashell. That was the precise instance of life. Our bodies become dust, and dust becomes air.

el estuche. Ahí estaba ella para siempre. Quiso lamer los labios oscuros de chocolate. Intentó abrir el estuche, resbalaba de sus manos sudorosas. Lo golpeó, varias veces. Estaba tan cerrado como el ataúd. Buscó un cuchillo, metió la punta por una de las orillas, y el estuche se abrió como se abren las conchas. Fue ese el momento justo de la vida. La carne se transforma en polvo, y el polvo se convierte en aire.

MEMORIAS FAMILIARES
FAMILY MEMORIES

I

Somewhere in the world a woman sees a man. She recognizes him, follows him. She runs through the streets in pursuit the way adolescents run after moviestars. She catches up to him. Face to face, the man doesn't recognize her. He's never met her, never even seen her before. The woman asks if she can have a photo with him, the way adolescents ask moviestars. The man, who is old, concedes the way moviestars concede. They pose for the camera, half smiling and half embracing the way moviestars pose with strangers.

One day the woman will return home, rush over to the family photo album and she will find the man. He's the same. It's as if her father had aged twenty years. It's as if he had never died.

I

En algún lugar del mundo una mujer ve a un hombre. Lo reconoce, lo persigue. Corre por la calle tras él como corren las adolescentes detrás de las estrellas de cine. Lo alcanza. Frente a frente, el hombre no la reconoce. Nunca antes la ha visto, no la conoce. La mujer le pide tomarse una foto, como piden las adolescentes a las estrellas de cine. El hombre, un viejo, accede como acceden las estrellas de cine. Posan para la cámara, medio sonríen y medio se abrazan, como posan, abrazan y sonríen las estrellas de cine con desconocidas.

Un día la mujer volverá a su casa, correrá a un álbum familiar y encontrará al hombre. Es igual. Es como si su padre hubiera envejecido veinte años. Es como si su padre nunca hubiera muerto.

II

"*Like an exile.*
Passing through.
You are the future, the tomorrow.
Memories from Honduras": Dedication on the back of grandfather's portrait taken between 1954 and 1957.

In the photograph grandfather steps over a brick in the enormous entryway of an unidentified building. The leg suspended over the skirting board of a country he'd just arrived in, his leg hovering above a country where he'd arrived after fathering sons in other countries. Behind the building, the dedication in leaden ink, pressed in so deeply and precisely that the words nearly rip the paper, written to the woman that was surely his destiny.

Grandfather saw grandmother in a city that was not the city of the building in 1957. He threatened to scream, to create a giant ruckus, to go mad, to kill a handful of men if she did not run away with him. The woman—grandmother—was scared; she fled her house, she left with him.

II

"*Como un desterrado.*
Pasando.
Sos el porvenir, el mañana.
Un recuerdo desde Honduras": Dedicatoria detrás de una fotografía del abuelo tomada entre 1954 y 1957.

En la fotografía, el abuelo tiene una pierna cruzada sobre un ladrillo de un enorme zócalo de un edificio desconocido. La pierna detenida en ese pedazo del zócalo de un país que recién conocía, la pierna sobre un país al que llegó después de engendrar hijos en otros países. Atrás de ese edificio, la dedicatoria en tinta con plomo, tan fuerte y precisa que casi rompe el papel, escrita a esa mujer que seguramente era el porvenir.

El abuelo vio a la abuela en una ciudad que no era la del edificio, en 1957. La amenazó con hacer un escándalo, gritar, enloquecer, matar a unos cuantos hombres, si ella no se fugaba con él. La muchacha que era abuela tuvo miedo, dejó su casa, se fue con él.

Someone warned her:

—That man likes to drink, he likes women.

He liked to dedicate photographs.

He never dedicated a photograph to grandmother. Surely, he never loved her.

Alguien advirtió a la abuela:

—A ese hombre le gusta tomar, le gustan las mujeres.

Le gustaba dedicar fotografías.

Nunca dedicó una fotografía a la abuela. Seguramente jamás la amó.

Selfie with father

I take photographs of myself in order to find traces of a dead man.

❖

I have two photographs of my father and I.

In one I am standing at his side in the living room of our house. There's Chinese upholstery, a romantic vase, fake flowers.

In the image, he and I, together, separate.

My mother took that photograph in 1987.

When she developed it, I asked her for it and I wrote on the back: "My mother took this photograph of my father and I; he was distracted. I'm laughing and we're hugging each other."

But it's not true. We did not hug during nor after the photo.

It was the first story that I wrote about my father.

Selfie con padre

Me tomo fotografías para encontrar el rastro de un hombre muerto.

❖

Tengo dos fotografías con mi padre.

En una estoy a su lado, en la sala de la casa. Hay un tapiz chino, un jarrón romántico, flores de mentira.

En la imagen, él y yo, juntos, separados.

Mi madre tomo esa fotografía en 1987.

Cuando la reveló, se la pedí, y escribí detrás: "Mi mamá tomó esta fotografía de mi papá y yo, él estaba distraído. Rió y nos abrazamos".

Pero no es verdad. No nos abrazamos durante ni después de la foto.

Ese fue el primer cuento que escribí sobre mi padre.

❖

I am nine years old; I awake one Saturday morning. My father has died.

The women in my house cry; there's confusion.

When did he die?, I ask. Yesterday, they say.

And they cry.

The women in my house cry but I cannot cry.

—Girls don't cry, they say when they get me out of bed.

—Girls don't cry because they cause mother pain, they say when they comb my hair, my curls held back tightly.

There is to be no crying at the funeral nor at the burial.

—Not even at home, they say as they dress me.

They prepare me for my father's funeral as if they were preparing a cake for a *quinces*. Ruffles, lace, roses, a smile for the camera.

A sideways smile, a grimace.

❖

A few nights after the burial I dreamed my father had returned. One day I asked my mother:

—My father is dead?

—He's dead.

—He won't be coming back?

—Never.

Then, an abyss split open.

❖

Tengo nueve años, despierto un sábado por la mañana. Mi padre ha muerto.

Las mujeres de mi casa lloran, hay confusión.

¿Cuándo murió?, pregunto, ayer, me dicen.

Y lloran.

Las mujeres de mi casa lloran pero yo no puedo llorar.

—Las niñas no lloran —me dicen cuando me sacan de la cama.

—Las niñas no lloran porque causan dolor a la mamá —me dicen mientras me peinan, rizos en el cabello, sujetos con tensión.

No hay que llorar ni en el funeral ni en el entierro.

—Ni en la casa —me advierten, mientras me visten.

Me preparan para el funeral de mi padre como si prepararan un pastel de fiesta de quince años. Holanes, encajes, rosas, sonrisa de fotografía.

La sonrisa de lado, una mueca.

❖

Las primeras noches después del entierro, soñé con el regreso de mi padre.

Un día pregunté a mi madre:

—¿Mi papá está muerto?

—Está muerto.

—¿No va a volver nunca?

—Nunca.

Entonces, se abrió un abismo.

❖

Everyone talks about mourning but no one knows what it's like until they live it.

Everyone has seen it: people wear black. Sometimes people cry.

Everyone, except my mother; she used dark glasses during my father's burial.

All of his lovers.

—They wear glasses to hide that they are not crying, my mother said.

I haven't cried for my father either and I also wear dark glasses.

❖

I became attractive when I started to photograph myself. I started to like myself when men started liking me. I'd look at the camera and I'd want it to be flesh; I was afraid of finding something else, a reflection, a beard, a face that wasn't my own. A trace of my aunts' claim, "My, how she takes after her father!" How. How?

One day, as I get older, I will find my father in the mirror.

Father all made-up, father transvestite. Father dressed as me.

❖

The second photograph of my father and I was taken by his sister, aunt Alicia. It's a horror story.

There is a girl that is me. Alone. There is a girl that is me dressed in pink in a bedroom. Behind her is the father, in a coffin, absolutely dead.

❖

Todo mundo habla del luto pero nadie lo conoce hasta que lo vive.

Todos los han visto: la gente se viste de negro. A veces llora.

Todo mundo, excepto mi madre, usó gafas oscuras en el entierro de mi padre. Todas sus amantes.

—Usan gafas oscuras para ocultar que no lloran —me dijo mi madre.

Yo tampoco he llorado a mi padre, yo también llevo gafas oscuras.

❖

Comencé a ser guapa cuando comencé a fotografiarme. Comencé a gustarme cuando comencé a gustar a los hombres. Miraba a la cámara y quería ser carne, temía encontrar otra cosa, resplandor, barba, un rostro que no fuera el mío. Un rastro de la frase de las tías: "Cómo se parece al padre". Cómo. ¿Cómo?

Un día, mientras envejezca, voy a encontrar a mi padre en el espejo.

Padre maquillado, padre travestido. Padre disfrazado de mí.

❖

Mi segunda fotografía con mi padre fue tomada por su hermana, tía Alicia. Es un cuento de terror.

Hay una niña que soy yo. Sola. Hay una niña que soy yo vestida de rosa en una habitación. Atrás está el padre, en un ataúd, sobradamente muerto.

—Smile, the aunt called out and popped the flash.

The photograph taken by aunt Alicia is the rest of my life.

❖

There is another photograph of my father. He is alone, young, hasn't met my mother yet, I haven't been born.

I carry it in my purse the way girls carry around a photograph of their boyfriends.

I carry it in my purse the way girls carry the loss of a great love during wartime.

I am just slightly younger than my father.

I am just an orphan that shows my dead father's photo the way a bride shows a photo of her dead fiancée.

I am my own child widow.

❖

I was, of course, during part of my life, a girl with a father. But I don't remember it.

Then there is the rest of my life wherein I have no father.

I know what that is, an abyss in the mirror.

The death of a father is to lean into a mirror and exhale. The mirror fogs up, becomes opaque. It darkens, opens.

In that open mirror, on the wall, is an abyss. Not the abyss beneath my feet, that one we're accustomed to; no, this is the abyss in front of me, the lost face.

I have searched the mirror so many times for my father's face. The mirror precipitates the darkness, swallows my memories.

—¡Sonría! —gritó la tía y apretó el flash.

La fotografía que tomó tía Alicia es el resto de mi vida.

❖

Hay otra fotografía de mi padre. Está solo, está joven, no conoce a mi madre, no he nacido.

La llevo en la cartera como las muchachas llevan la fotografía del novio.

La llevo en la cartera como las muchachas que han perdido un amor en una guerra.

Soy ahora apenas más joven que mi padre.

Soy apenas una huérfana que muestra la foto de un padre muerto como una novia muestra la foto del prometido muerto.

Soy mi propia niña viuda.

❖

Hay, por supuesto, una parte de mi vida en la que soy una niña con padre. Pero no la recuerdo.

Luego está el resto de mi vida en la que no tengo padre.

Sé qué es eso, es un abismo en el espejo.

La muerte del padre es acercarse al espejo y expulsar el vaho. El espejo se nubla, se opaca. Oscurece, se abre.

Ese espejo abierto, sobre la pared, es un abismo. No el abismo debajo de los pies, al que estamos acostumbrados, que refiere hundimiento; es el abismo frente a uno mismo, el rostro perdido.

Yo he buscado muchas veces en mi espejo la cara de mi padre. El espejo precipita a la oscuridad, traga la memoria.

I do not remember my father's face, only the photographs.

My father had thick lips like mine.

I paint my lips to forget my father.

I exaggerate my red lips, the flesh that lays me down into the flesh of my father.

Someday, I suppose, I will be able to kiss the mirror and return to my father.

That day is not today.

No recuerdo el rostro de mi padre, salvo por las fotografías.

Mi padre tenía los labios gruesos, como los míos.

Me pinto los labios para olvidar a mi padre.

Exagero mis labios rojos, la carne que me coloca en la carne de mi padre.

Algún día, supongo, podré besarme en el espejo y podré regresar a mi padre.

Ese día no es hoy.